Leserabe

1. Lesestufe

Erhard Dietl

Willi Vampir in der Gruselschule

Mit Bildern des Autors

Ravensburger Buchverlag

Bibliografische Information der Deutschen Nationalbibliothek:

Die Deutsche Nationalbibliothek verzeichnet diese Publikation
in der Deutschen Nationalbibliografie.
Detaillierte bibliografische Daten sind im Internet
über **http://dnb.d-nb.de** abrufbar.

2 3 11

Ravensburger Leserabe

Umschlagbild: Erhard Dietl
Umschlagkonzeption: Sabine Reddig
Redaktion: Sabine Schuler
Printed in Germany
ISBN 978-3-473-36388-9

www.ravensburger.de
www.leserabe.de

Inhalt

In der Gruselschule

Willi Vampir wohnt in einer Burg.
Er liebt Hexen, Ratten und Gespenster.

Wenn Willi die Arme ausbreitet,
kann er fliegen wie eine Fledermaus.

Jeden Abend geht Willi
in die Gruselschule.
Die Schulstunden dauern
bis Mitternacht
und Willi lernt alles,
was Vampire können müssen.

Sein Lehrer ist ein richtiger Zauberer.
Er heißt Herr Grunzwurm
und ist sehr nett.

Die Gruselschule ist
in einer alten Burgruine.

Wenn Willi zur Schule flattert,
nimmt er immer eine Abkürzung
über das Moor.

Heute ist Willi spät dran.
Seine Klassenkameraden
sind alle schon da.

Sein Freund Max Monster nimmt
seinen Kopf ab und legt ihn
vor sich auf den Tisch.

Manchmal vergisst Max,
wo er seinen Kopf hingelegt hat.
Dann müssen ihm die anderen Kinder
beim Suchen helfen.
Der rostige Frank hat überall
Nägel und Schrauben,
und beim Laufen klappert
und scheppert er laut.

Die zarte Gunilla ist
ein weißes Gespenst.
Ganz blass und vornehm.
Sie spricht nur sehr leise.

Die kleine Wanda sieht aus
wie eine verwarzte Kröte.
Sie kann sich unsichtbar machen
und durch dicke Wände gehen.

Herr Grunzwurm kann das auch.
Er kommt durch die Wand gezischt
und steht dann ganz plötzlich
im Klassenzimmer.

„Liebe Gruselkinder,
setzt euch auf eure Särge
und spitzt die Ohren!“,
ruft er.
Seine Stimme klingt
wie Gewitterdonner.

Die Kinder lernen bei ihm,
wie man Ratten und Spinnen dressiert.

Sie lernen alles
über Knoblauch und Sonnenlicht.
Knoblauch und Sonnenlicht
können für Gruselkinder
sehr schädlich sein.

Und sie erfahren alles
über Blutwürste und Bluthunde
und die menschlichen Blutgruppen.

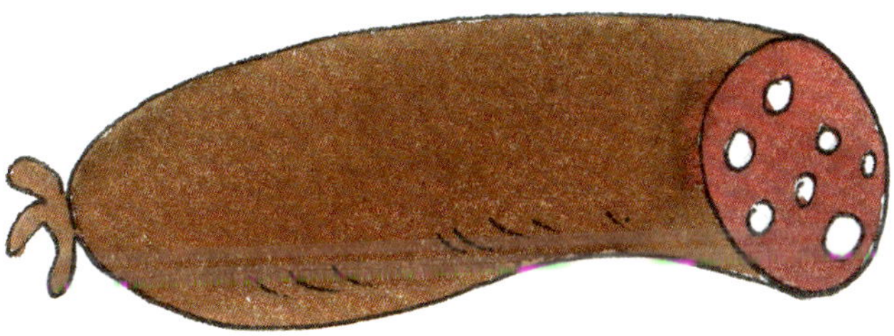

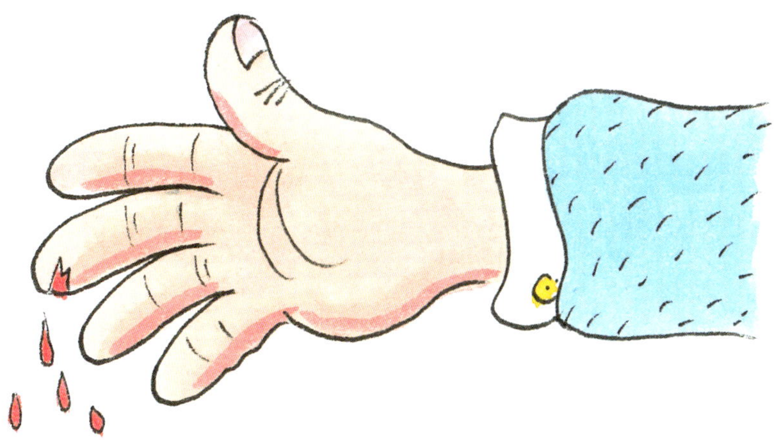

Die Nachtwanderung

Heute macht die Gruselklasse
eine Nachtwanderung zum Friedhof.

Die Nacht ist eisig kalt und neblig.
Der Wind heult schaurig
und schwarze Krähen
sitzen frierend in den Bäumen.

„Was für eine schöne Nacht!“,
sagt Willi.

Alle Gruselkinder freuen sich.
Sie laufen im Gänsemarsch
über die nasse Wiese.

Herr Grunzwurm geht voran.
Er hat seinen Zauberstab dabei.
Wenn er ihn durch die Luft
sausen lässt,
zucken grelle Blitze heraus.

Max trägt seinen Kopf unter dem Arm
und Willi flattert lustig neben ihm her.

Frank scheppert vor sich hin
und die kleine Wanda
hüpft quakend herum
und stößt Rauchwolken aus.

Nur Gunilla, das Gespenst,
schwebt leise wie ein zarter Windhauch
über das Gras.

Auf ihrem Weg kommen die Gruselkinder
an ein Haus.
Hier wohnen Tom und Lisa.
Alle bleiben wie angewurzelt stehen.
Auf dem Fensterbrett liegt
etwas Schauerliches.

Ein leuchtender Monsterkopf!
Er ist glühend rot
und die Gruselkinder
können seine spitzen Zähne sehen.

„Er erinnert mich an meinen Papa!“,
sagt Max.
„Gleich bekomme ich Fracksausen!“,
ruft Frank.

„Und ich kriege Gänsehaut!“,
quakt Wanda.
„Total unheimlich!“,
flüstert Gunilla.
„Schnell weg hier!“, meint Willi.

Halloween

Herr Grunzwurm lacht,
dass es kracht.
„Das ist doch nur
ein beleuchteter Kürbis“,
erklärt er den Kindern.

Da geht die Tür auf.
Tom und Lisa kommen heraus.
Sie haben den Kürbis ausgehöhlt
und eine Kerze hineingestellt,
damit er schön gruselig leuchtet.

„Schauriges Halloween!“, ruft Tom.
„Ihr habt ja tolle Verkleidungen“,
sagt Lisa zu den Gruselkindern.

An Halloween dürfen sich nämlich
alle Kinder gruselig verkleiden.
„Wir sind nicht verkleidet!“, erklärt Willi.
„Wir sind immer so.“

„Wollt ihr mit uns
zu den Nachbarn gehen?“, fragt Tom.
„Wir erschrecken sie,
und sie müssen uns
Süßigkeiten geben“, erklärt Lisa.

Die Gruselkinder und Herr Grunzwurm
finden die Idee sehr lustig.
Sie laufen mit Lisa und Tom
hinüber zum Nachbarhaus.

Willi und Max Monster klopfen laut
an die Tür von Frau Danninger.

„Süßes oder Saures!“, rufen Lisa und Tom.
Alle Gruselkinder kichern.

Schon geht die Tür auf.
„Ach du liebe Güte!
Wie seht ihr denn aus?“,
ruft Frau Danninger erschrocken.

„Süßes oder Saures!“,
rufen Tom und Lisa.
„Wir nehmen gern auch Blutiges!“,
sagt Willi.

Alle Gruselkinder fangen an
zu heulen und zu fauchen.
Das klingt so schaurig,
dass Frau Danninger das Blut
in den Adern gefriert.

Herr Grunzwurm lässt dazu
ein paar kräftige Funken
aus seinem Zauberstab zischen.

Schnell läuft Frau Danninger
in ihre Küche
und holt Äpfel und Schokolade.
„Ist es das Richtige für euch?“,
fragt sie.

„Genau richtig! Vielen Dank!“, ruft Tom.
„Na, dann bin ich aber froh!“,
sagt Frau Danninger.
Schnell macht sie die Tür wieder zu.

Auf dem Heimweg

„Juhu!“, ruft Willi.

„Das hat prima geklappt!“

„Jetzt müsst ihr die Sachen aber ehrlich teilen“, meint der Lehrer.

Aber die Gruselkinder mögen
Äpfel und Schokolade sowieso nicht.
„Das ist nichts für uns“, erklärt Willi.
„Das könnt ihr alles selbst essen.“
Darüber sind Tom und Lisa
gar nicht traurig.

„Wir müssen jetzt weiter!“,
ruft Herr Grunzwurm.
„Wir wollen doch um Mitternacht
am Friedhof sein!“

„Wollt ihr nicht mitkommen?“,
fragt Willi.
„Äh, lieber nicht“, sagt Lisa.
„Heute haben wir leider
gar keine Lust auf Friedhöfe.“

Die Gruselkinder winken Tom und Lisa zu und marschieren fröhlich weiter über die Wiese.

„So macht mir Schule Spaß“, sagt Willi.
Und er boxt Max in die Seite,
dass sein Kopf über den Boden kullert.

Erhard Dietl wurde 1953 in Regensburg geboren. Er schreibt nicht nur Bücher, sondern malt und zeichnet auch selbst. Hauptsächlich arbeitet er für Kinder, und weil er selbst noch ein „großes" Kind geblieben ist, sind seine Bücher so einfühlsam und witzig. Inzwischen hat er schon über 90 Kinderbücher geschrieben, die überall auf der Welt gelesen werden. Deshalb gibt es seine Bücher auch auf Französisch, Italienisch, Spanisch und sogar Chinesisch. Für den „Leseraben" hat Erhard Dietl die Geschichte „Das Fehlerteufelchen" geschrieben und unter anderem die Bücher von „Ätze", dem Tintenmonster, illustriert. Von Willis Abenteuern in der Menschenschule erzählt er in dem Band „Willi Vampir in der Schule". Weitere Informationen zu Erhard Dietl findet ihr unter www.erhard-dietl.de.

Leserätsel

mit dem Leseraben

Super, du hast das ganze Buch geschafft! Hast du die Geschichte ganz genau gelesen? Der Leserabe hat sich ein paar spannende Rätsel für echte Lese-Detektive ausgedacht. Mal sehen, ob du die Fragen beantworten kannst. Wenn nicht, lies einfach noch mal auf den Seiten nach. Wenn du die richtigen Antwortbuchstaben in die Kästchen auf Seite 42 eingesetzt hast, bekommst du das Lösungswort.

Fragen zur Geschichte 

1. Wohin flattert Willi Vampir jeden Abend? (Seite 5)

K : Zu seinem Großvater.

M: Zur Gruselschule.

2. Was lernen die Kinder in der Gruselschule? (Seite 14)

O : Sie lernen alles über Knoblauch und Sonnenlicht.

A: Sie lernen das kleine Einmaleins.

3. Was liegt auf dem Fensterbrett von Tom und Lisa? (Seite 21)

X: Blutwurst.

S : Ein leuchtender Monsterkopf.

4. Was sagt Lisa zu den Gruselkindern? (Seite 25)

L : „Kommt doch herein!“

T : „Ihr habt ja tolle Verkleidungen!“

5. Was holt Frau Danninger für die Kinder? (Seite 32)

E : Äpfel und Schokolade.

Ä: Knoblauch.

Lösungswort:

1	2	N	3	4	5	R

Rabenpost

Jetzt wird es Zeit für die Rabenpost! Besuch mich doch auf meiner Homepage **www.leserabe.de** und gib dort unter der Rubrik „Leserätsel“ das richtige Lösungswort ein. Es warten außerdem noch tolle Spiele und spannende Leseproben auf dich! Oder schreib eine E-Mail an **leserabe@ravensburger.de**. Jeden Monat werden 10 Buchpakete unter den Einsendern verlost! Natürlich kannst du mir auch eine Karte schicken.

An den LESERABEN
RABENPOST
Postfach 2007
88190 Ravensburg
Deutschland

Ich freue mich immer über Post!

Dein Leserabe